AMOR DE CORAÇÃO

UMA HISTÓRIA EM GRAFITE

© 2018 - Rai Teichimam
Direitos em língua portuguesa para o Brasil:
Matrix Editora
www.matrixeditora.com.br

Diretor editorial
Paulo Tadeu

Capa, projeto gráfico e diagramação
Allan Martini Colombo

Revisão
Silvia Parollo

CIP-BRASIL - CATALOGAÇÃO NA PUBLICAÇÃO
SINDICATO NACIONAL DOS EDITORES DE LIVROS, RJ

Teichimam, Rai
Amor de coração / Rai Teichimam - 1. ed. - São Paulo: Matrix, 2018.
24 p. : il. ; 28 cm.

ISBN 978-85-8230-434-1

1. Literatura infantojuvenil brasileira I. Título.

17-45555   CDD: 028.5
                                                      CDU: 087.5

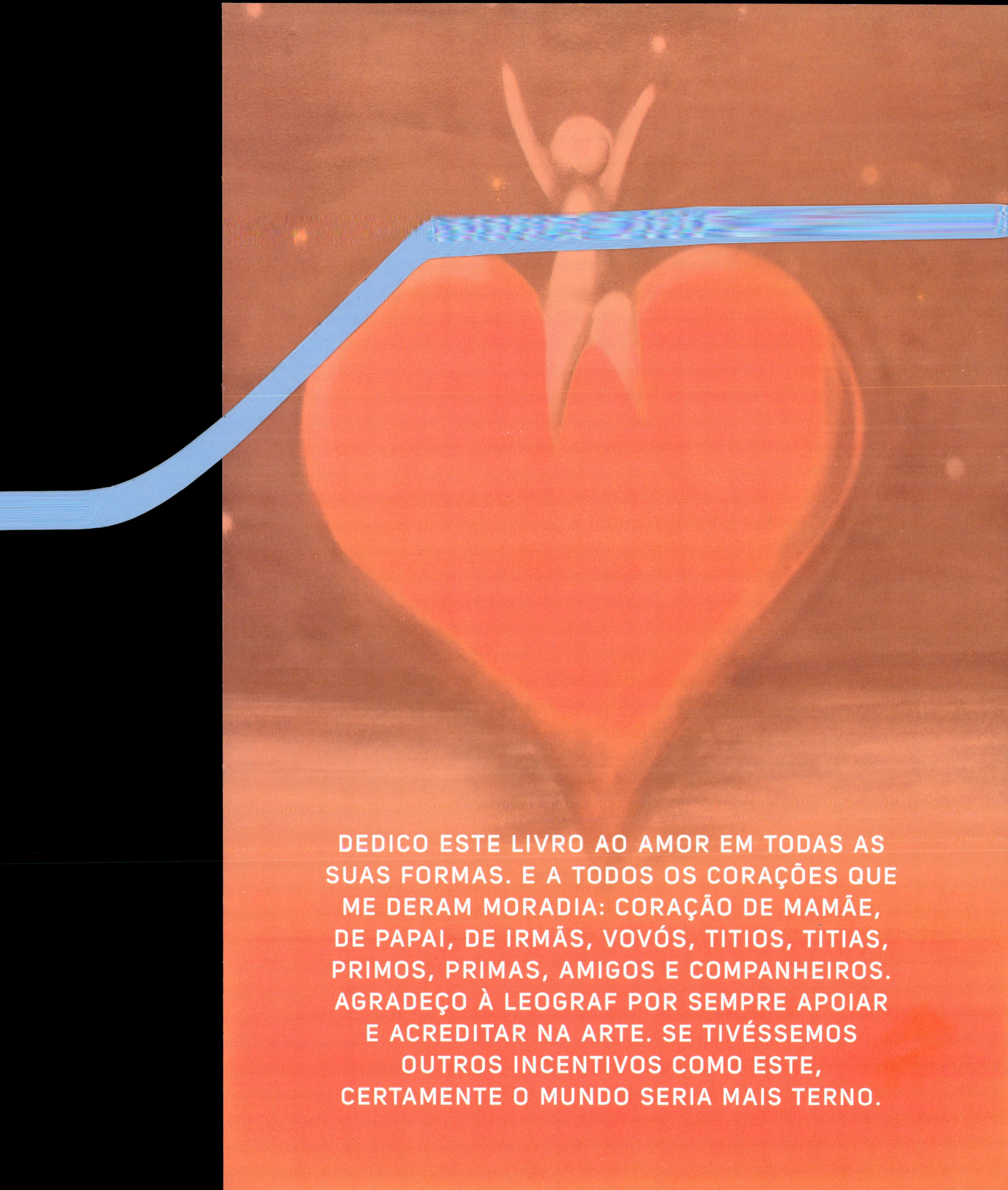

DEDICO ESTE LIVRO AO AMOR EM TODAS AS SUAS FORMAS. E A TODOS OS CORAÇÕES QUE ME DERAM MORADIA: CORAÇÃO DE MAMÃE, DE PAPAI, DE IRMÃS, VOVÓS, TITIOS, TITIAS, PRIMOS, PRIMAS, AMIGOS E COMPANHEIROS. AGRADEÇO À LEOGRAF POR SEMPRE APOIAR E ACREDITAR NA ARTE. SE TIVÉSSEMOS OUTROS INCENTIVOS COMO ESTE, CERTAMENTE O MUNDO SERIA MAIS TERNO.

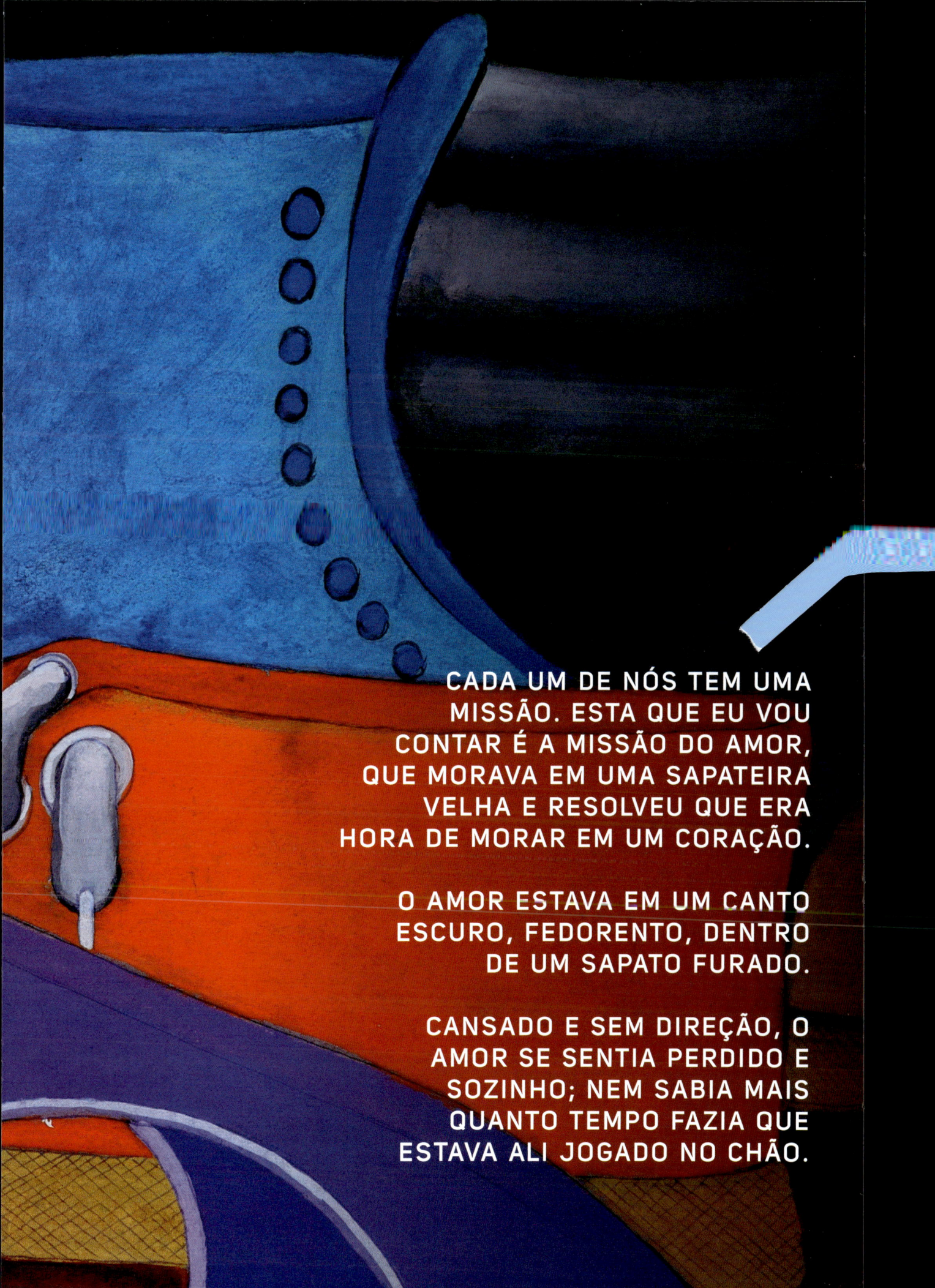

CADA UM DE NÓS TEM UMA MISSÃO. ESTA QUE EU VOU CONTAR É A MISSÃO DO AMOR, QUE MORAVA EM UMA SAPATEIRA VELHA E RESOLVEU QUE ERA HORA DE MORAR EM UM CORAÇÃO.

O AMOR ESTAVA EM UM CANTO ESCURO, FEDORENTO, DENTRO DE UM SAPATO FURADO.

CANSADO E SEM DIREÇÃO, O AMOR SE SENTIA PERDIDO E SOZINHO; NEM SABIA MAIS QUANTO TEMPO FAZIA QUE ESTAVA ALI JOGADO NO CHÃO.

DE REPENTE O SAPATO SACUDIU
DAQUI, SACUDIU DE LÁ, E O AMOR,
SEM FORÇA PARA SE
SEGURAR, RESOLVEU COM
CORAGEM SE SOLTAR.

POR SORTE CAIU DE PÉ, E FOI
NESSE MOMENTO QUE ELE DECIDIU:
– DE HOJE EM DIANTE, VOU
SER AMOR DE CORAÇÃO.

E SEGUIU SUA MISSÃO.

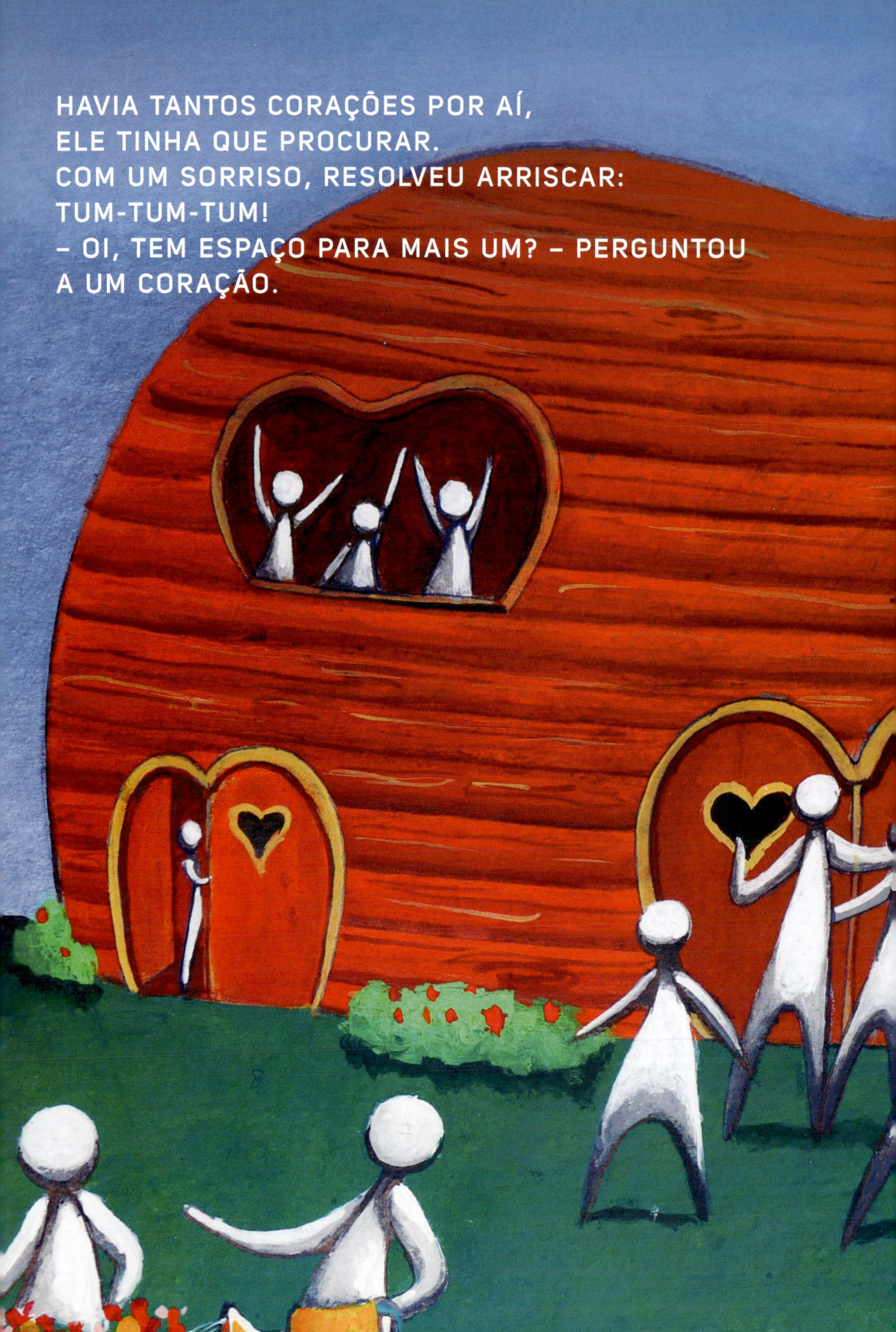

HAVIA TANTOS CORAÇÕES POR AÍ,
ELE TINHA QUE PROCURAR.
COM UM SORRISO, RESOLVEU ARRISCAR:
TUM-TUM-TUM!
– OI, TEM ESPAÇO PARA MAIS UM? – PERGUNTOU A UM CORAÇÃO.

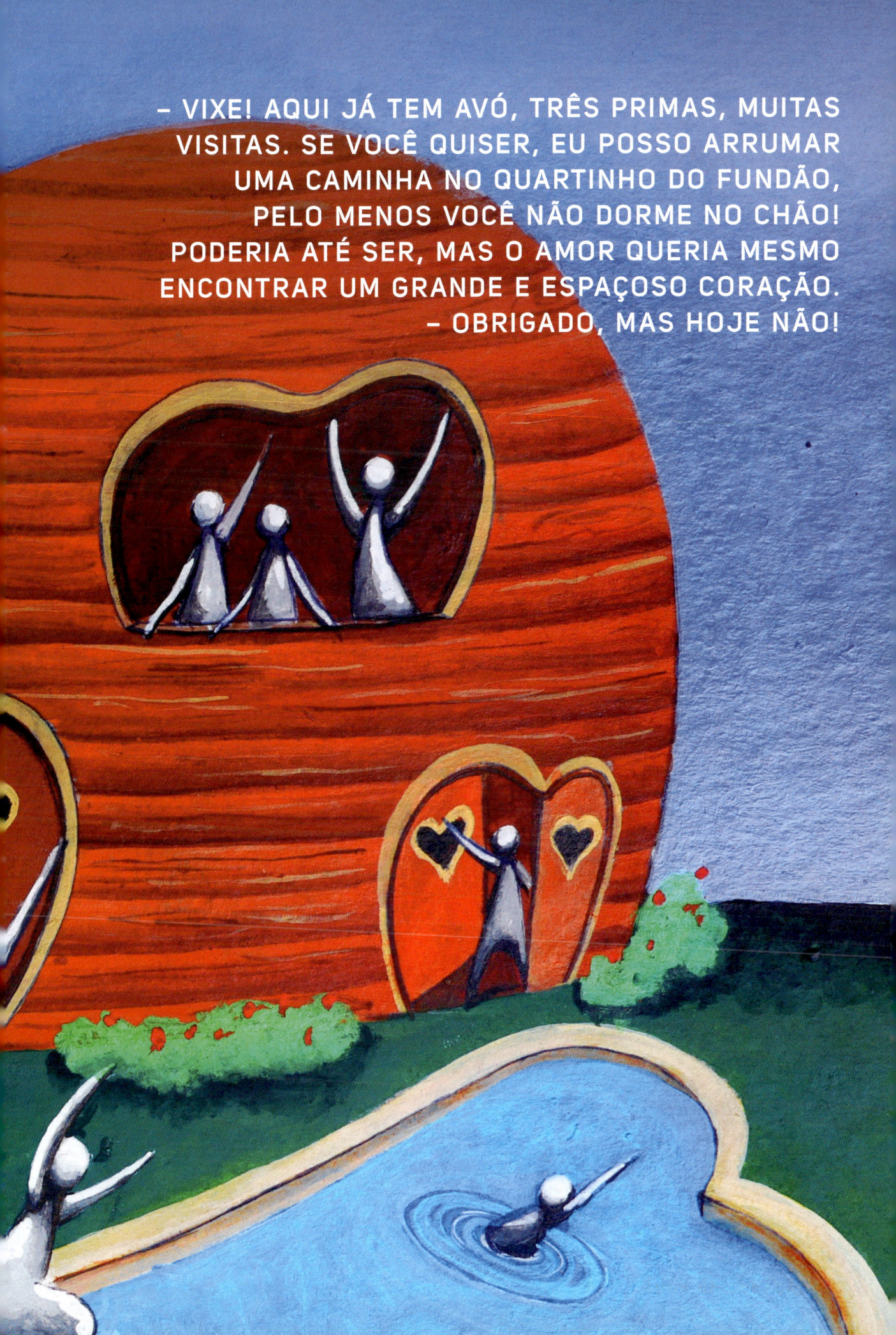

– VIXE! AQUI JÁ TEM AVÓ, TRÊS PRIMAS, MUITAS VISITAS. SE VOCÊ QUISER, EU POSSO ARRUMAR UMA CAMINHA NO QUARTINHO DO FUNDÃO, PELO MENOS VOCÊ NÃO DORME NO CHÃO! PODERIA ATÉ SER, MAS O AMOR QUERIA MESMO ENCONTRAR UM GRANDE E ESPAÇOSO CORAÇÃO.
– OBRIGADO, MAS HOJE NÃO!

O AMOR SABIA QUE FÁCIL NÃO
SERIA E CONTINUOU.
SEM NEM ACREDITAR, AO LONGE
AVISTOU UM MURO IMENSO EM QUE
ESTAVA ESCRITO: "VAGAS PARA AMOR".

DEU ATÉ UM FRIO NA BARRIGA, ELE NÃO
PODERIA PERDER A OPORTUNIDADE.

ARRUMOU A CABELEIRA, ESCOLHEU
UM BRINCO PARA A ORELHA,
ENCHEU O PEITO, REPASSOU O
PERFUME E FOI PARA A SELEÇÃO.
EITA! MAL CHEGOU, A FILA JÁ DOBRAVA
O QUARTEIRÃO. QUE SITUAÇÃO!

A FILA PARAVA E ANDAVA, PARAVA E
ANDAVA, A TARDE INTEIRA ASSIM, ATÉ
A LUA CHEGAR, BRILHAR E VOLTAR A
DESCANSAR, E AOS POUCOS, BEM AOS
POUCOS, COMEÇAVA A FICAR MENOR.

O AMOR FICOU NA FILA, MESMO CAINDO DE SONO, ATÉ RAIAR O SOL, E SÓ DESPERTOU COM O SUSTO QUE LEVOU.

– O PRÓXIMO!

UM GRITO ROUCO ELE OUVIU.

CHEGARA SUA VEZ. QUEM SABE AGORA ELE ENCONTRARIA A SUA NOVA MORADA.

QUANDO O AMOR ENTROU NA SALA DE ENTREVISTA, NÃO ACREDITOU NO QUE VIU: UM CORAÇÃO SEM COR, SEM EMOÇÃO, TODO ESFOLADO E REMENDADO.

COMO QUEM PERDE A HORA, O AMOR PERGUNTOU:
– O QUE ACONTECEU COM VOCÊ, CORAÇÃO?

– EU MORAVA DENTRO DE UMA CARTEIRA CHEIA DE ESPAÇO PARA DINHEIRO E NENHUM ESPAÇO PARA MIM. UM BELO DIA, A CARTEIRA SE PERDEU E FOI PARAR DENTRO DE UM BUEIRO MUITO SUJO. AGORA QUE EU NÃO MORO MAIS LÁ, ESTOU À PROCURA DE UM AMOR PARA MORAR EM MIM – DISSE O CORAÇÃO.

O AMOR ESTRANHOU, POIS SUA HISTÓRIA ERA PARECIDA.

– PARA ENCONTRAR UM AMOR PARA O SEU LAR, VOCÊ VAI TER QUE PRIMEIRO SE AMAR.

E, SEM DAR EXPLICAÇÃO, ABRAÇOU O
CORAÇÃO COMO FORMA DE DESPEDIDA
E O ENCORAJOU A PARTIR.

COMO O AMOR SE SENTIA? ALIVIADO POR
TER SE ARRISCADO, MAS ESTAVA CANSADO.
NA NOITE ANTERIOR JÁ NÃO HAVIA
DORMIDO, NÃO TINHA COMIDO
NADA E QUASE JÁ NÃO TINHA MAIS
FORÇAS PARA CONTINUAR.

– PRECISO RECUPERAR AS ENERGIAS PARA
ATRAIR COISAS BOAS EM MINHA DIREÇÃO.

PASSANDO POR UM BOSQUE,
DEITOU NA GRAMA E RELAXOU.

O AMOR DORMIU, TIROU UMA SONECA
DESSAS EM QUE NÃO SABEMOS SE
PASSARAM TRÊS MINUTOS, TRÊS HORAS OU
TRÊS DIAS; RESPIRAVA FUNDO, TRANQUILO,
E SE ARREPIOU COM UMA BRISA DE FRIO.

A NOITE ESTAVA CHEGANDO NOVAMENTE,
E O CÉU TINHA UM TOM QUE NÃO EXISTE
EM NENHUMA CAIXA DE LÁPIS DE COR,
UM LINDO LARANJA-ARROXEADO.

O AMOR ABRIU LEVEMENTE OS
OLHOS E AGRADECEU POR NÃO
PERDER TAMANHA BELEZA,
UM MOMENTO LINDO COM
QUE A NATUREZA ACABARA
DE PRESENTEÁ-LO.
NO ÚLTIMO RAIO DE SOL
ELE APLAUDIU.

E, COMO DIZ UM AMIGO MEU,
"A GENTE TEM QUE QUERER,
PEDIR, SE COLOCAR EM AÇÃO,
MAS TAMBÉM ACREDITAR NAS
PROVIDÊNCIAS DA VIDA!".
O APLAUSO TROUXE ATÉ ELE
O QUE ESTAVA PERDIDO.

– É MESMO LINDO – O AMOR
OUVIU AO LONGE.

- QUEM ESTÁ FALANDO?
- AQUI! ATRÁS DE VOCÊ.
O AMOR AVISTOU OUTRO CORAÇÃO, VIBRANTE, FELIZ, E SENTIU UMA PAZ MUITO BOA. TAMBÉM VIU UM GRANDE MURO, METADE ESTRAGADA E A OUTRA METADE INFINITAMENTE LINDA, TODA PINTADA.
- UAU, FOI VOCÊ QUE PINTOU?
- SIM, PEDI PERMISSÃO PARA O DONO DESTA VELHA MANSÃO. SE QUISER ME AJUDAR, EU VOU ADORAR! AINDA TEM A OUTRA METADE PARA PINTAR.

ENTÃO, O AMOR TEVE UMA IDEIA - FAZER UM LINDO DESENHO E ESCREVER NO CENTRO: AMOR DE CORAÇÃO.

- LINDA MENSAGEM!
- OBRIGADO. ESTA É MINHA NOVA MISSÃO.
- VOCÊ MORA EM QUAL CORAÇÃO?
- ESTOU SEM NENHUM.

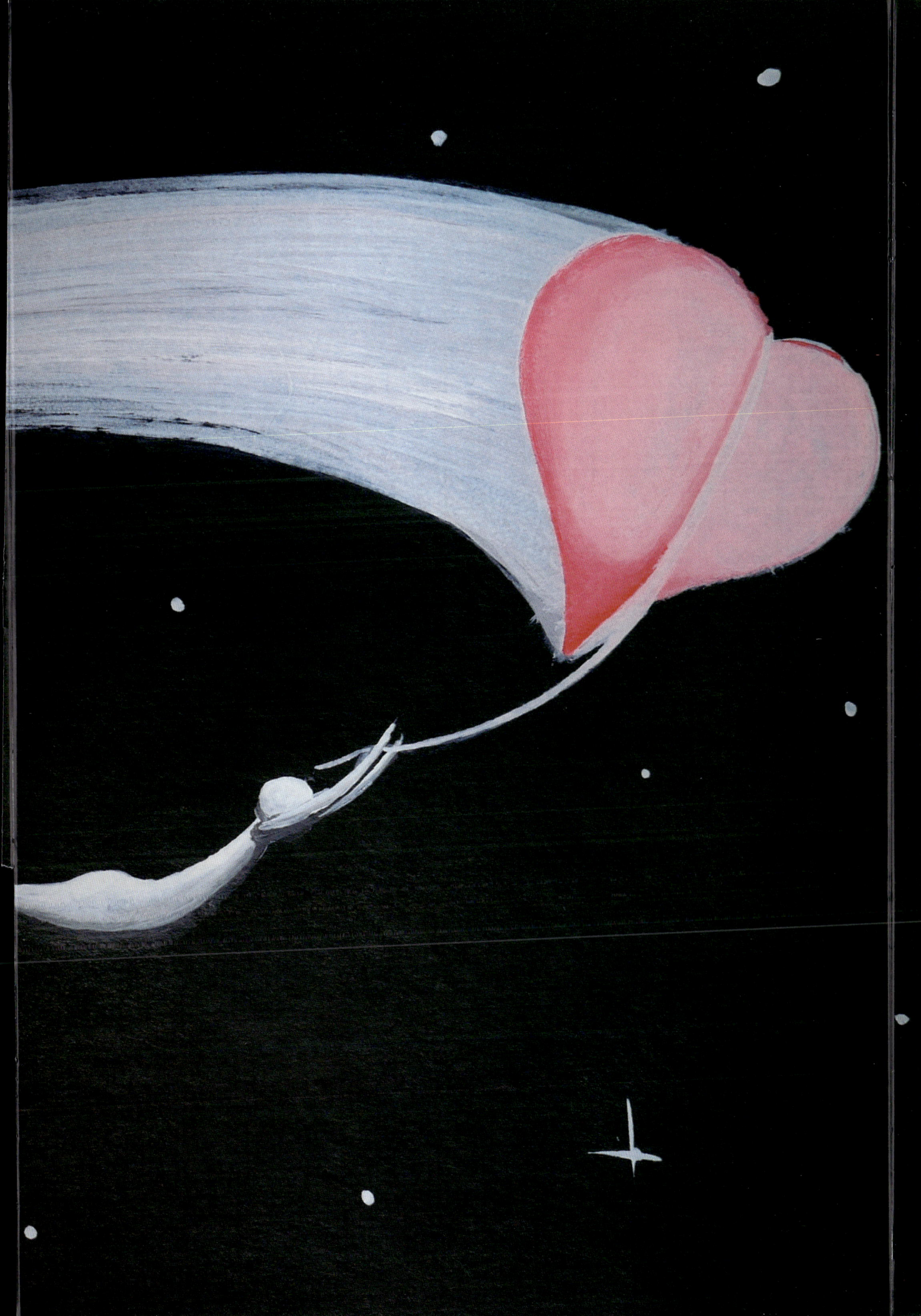

O CORAÇÃO ARREGALOU OS OLHOS; ELE TAMBÉM ESTAVA SEM UM AMOR.
– ESTÁ COM FOME? JÁ ANOITECEU, E SE NÃO NOS JUNTARMOS VAMOS PASSAR FRIO. POSSO PREPARAR UMA SOPA DE FEIJÃO.
– SOPA DE FEIJÃO É A MINHA PREFERIDA, CORAÇÃO.

E PARTILHARAM JUNTOS UM LINDO CAMINHO.

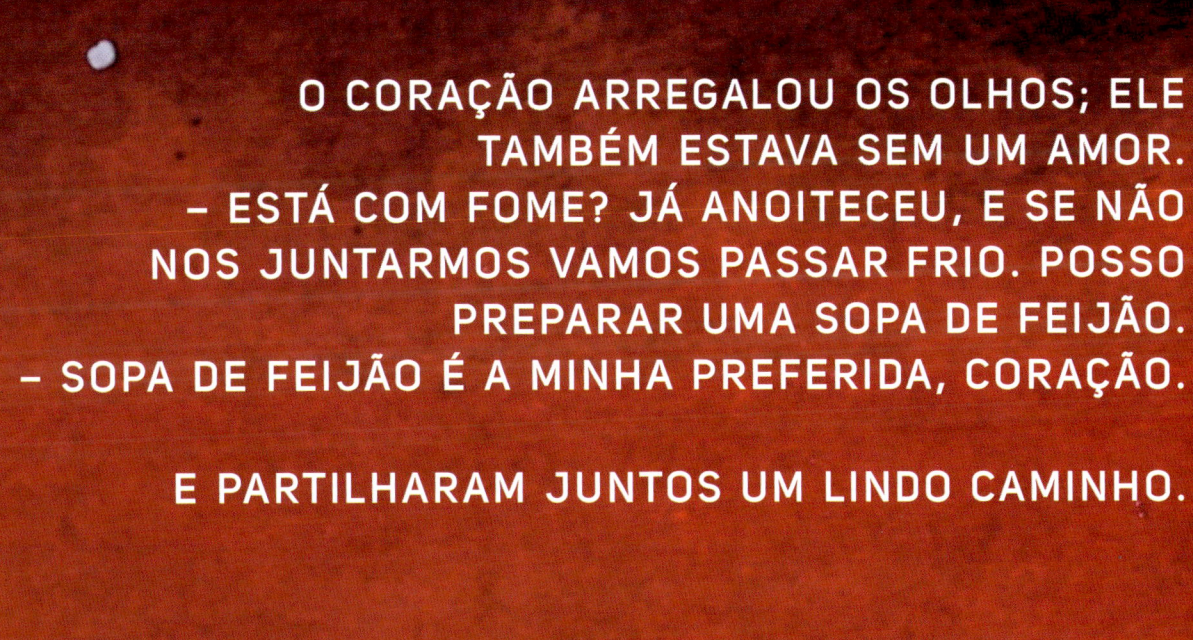

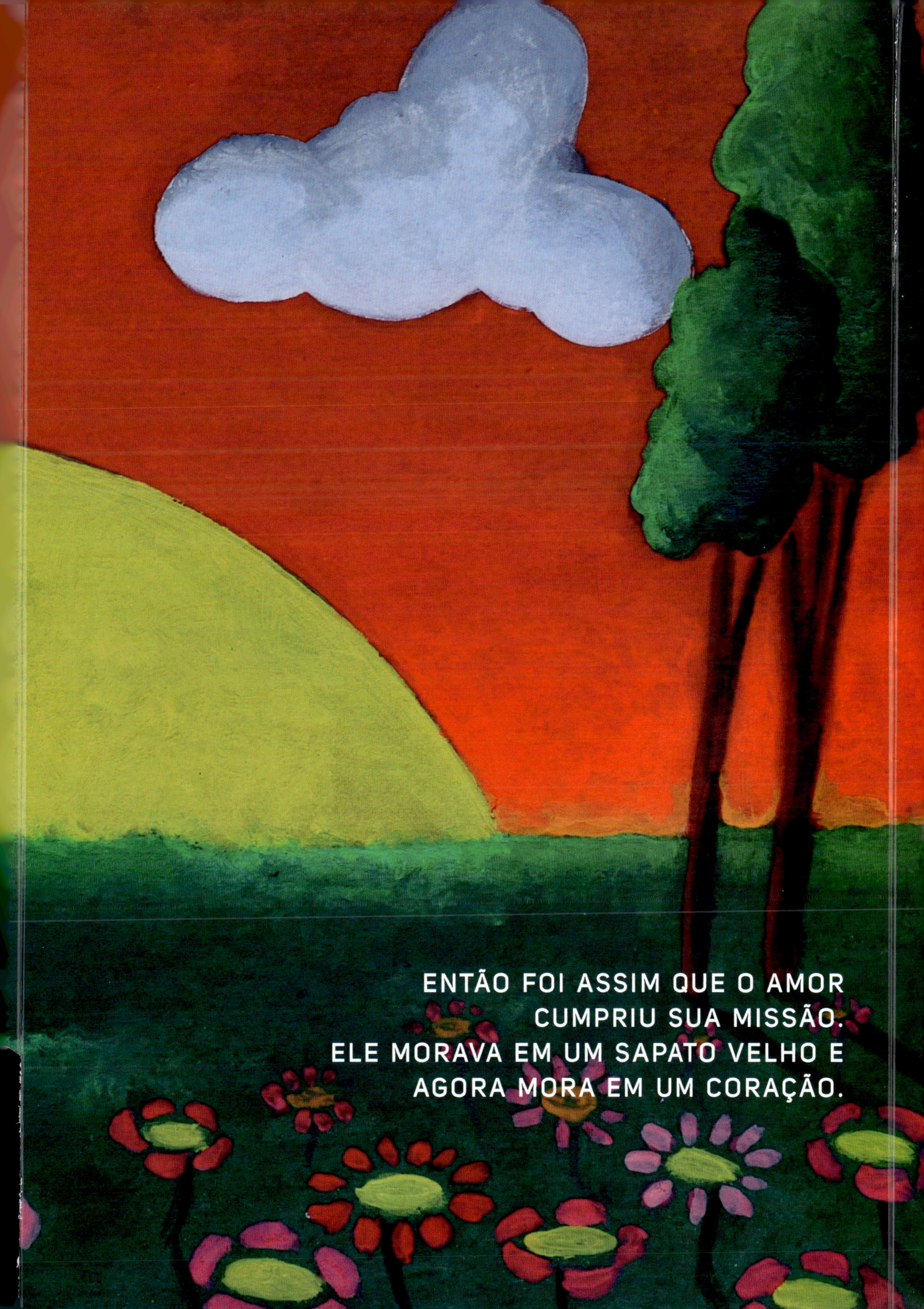

QUEM ESCREVEU
RAI TEICHIMAM

Rai Teichimam sempre sonhou em ser astronauta e descobrir novos mundos. Acabou criando seus próprios mundos seguindo a carreira de atriz. Com dezenas de espetáculos em seu currículo, a maioria para crianças, montou a companhia de teatro Laço de Abraço e se debruçou ainda mais no universo infantil. Este é seu primeiro livro, dos muitos que tem guardados dentro da cabeça e do coração.
Integrou o elenco da novela Carinha de Anjo, na personagem Fátima, e abriu a Casa Laço de Abraço, um centro cultural na cidade de São Paulo inteiramente pensado para os pequenos.

QUEM ILUSTROU
BIETO

Bieto é artista plástico. Começou a colorir sua vida com grafites no bairro do Ipiranga, em São Paulo, em 1998. De lá para cá, conheceu muitas pessoas e fez muitos amigos. Entendeu que a comunhão entre as pessoas é uma importantíssima função da arte.